UNCHANGEABLE
შეუცვლელი

Andro Chkhvimiani
ანდრო ჩხვიმიანი

AuthorHouse™
1663 Liberty Drive
Bloomington, IN 47403
www.authorhouse.com
Phone: 833-262-8899

Because of the dynamic nature of the Internet, any web addresses or links contained in this book may have changed
since publication and may no longer be valid. The views expressed in this work are solely those of the author and do
not necessarily reflect the views of the publisher, and the publisher hereby disclaims any responsibility for them.

Any people depicted in stock imagery provided by Getty Images are models,
and such images are being used for illustrative purposes only.
Certain stock imagery © Getty Images.

This book is printed on acid-free paper.

ISBN: 978-1-6655-3237-2 (sc)
ISBN: 978-1-6655-3238-9 (e)

Print information available on the last page.

Published by AuthorHouse 07/30/2021

authorHOUSE®

UNCHANGEABLE

შეუცვლელი

Opening up her eyes, a girl named Joy saw that the lights were still on in her room. She remembered turning them off before going to sleep. That made her wonder what triggered it.

გოგონამ, სახელად ჯოი, თვალი გაახილა და ჰოი, საოცრებავ! ოთახში შუქი ენთო. არადა, ახსოვდა, რომ დაძინებისას ჩააქრო. ნეტავ, რა უნდა მომხდარიყო, ნათურა თავისით ხომ არ აინთებოდაო?! – ფიქრში ჩაიძირა.

Suddenly, she heard knocking on the door. Joy slowly stood up, opened the door, and saw an orange figure with red and yellow leaves. Being around Autumn gave her a warm feeling inside.

უეცრად ჯოის კარზე კაკუნი მოესმა. მაშინვე წამოდგა, კართან მიირბინა, გამოაღო და... მის წინ სტაფილოსფერი ფიგურა იდგა – სახელად შემოდგომა, წითელ-ყვითელ ფოთლებით შემოსილი. იდგა და ისე უღიმოდა, მის გვერდით ყოფნამ გული გაუთბო.

Joy felt tired after meeting Autumn. She felt comfortable, yet her body told her to go to sleep. She slowly walked to her bed, laid down, and quickly fell asleep.

შემოდგომასთან შეხვედრამ თავი კომფორტულად კი აგრძნობინა ჯოის, თუმცა ისეთი განცდა დაეუფლა, თითქოს სხეული ძილისკენ ექაჩებოდა. რამ დამღალა, ან რა დროს ძილიაო გაიფიქრა, მაგრამ ლოგინში შეწვა თუ არა, მაშინვე ჩაეძინა.

Joy woke up, shivering from the cold. The room took an icy color, as snowflakes laid on the floor. Once again, she heard the noise at the door. Winter has arrived, in the shape of fluffy clouds, and tiny horns. She felt at comfort near it.

მოულოდნელად ჯოის სიცივისგან აკანკალებულს გაეღვიძა. ყინულისფერი დასდებოდა მის ოთახს. თოვლის ფიფქები ფარფატით ეცემოდნენ იატაკზე. კარზე ხმაური მოესმა და... ზამთარი მობრძანებულიყო – ჰაეროვანი ღრუბელივით ფუმფულა, წვრილი, სასაცილო რქებით. ზამთარს სიმშვიდე მოეტანა გოგონასთვის.

Although, her time was short with Winter. She soon felt chilly. Her body was urging her to go back to bed. She hugged her plush bunny to warm up and fell asleep.

მართალია, ზამთართან და ფიფქებთან სულ ცოტა ხანს იფარფატა და მხიარულადაც, მაგრამ უცბად შესცივდა და იგრძნო, სხეული კვლავ ლოგინისკენ რომ ექაჩებოდა. სხვა რა გზა ჰქონდა – თავის საყვარელ პლუშის ფუმფულა კურდღელს ჩაეხუტა და ჩაეძინა კიდეც.

The smell of flowers filled up the room. Spring had arrived at the door. Plants grew around the friendly creature as it entered the room. Joy was astonished by the flowers growing all over the floor.

ოთახი ყვავილების სურნელს აევსო და ასეც უნდა ყოფილიყო – ზღურბლი ახლა გაზაფხულს გადმოელახა. ამ მეგობრულ არსებას მცენარეები ახლდნენ თან და ჯოის განსაცვიფრებლად, თვალსა და ხელს შუა იზრდებოდნენ. სულ მალე აღფრთოვანებული გოგონა ულამაზეს ყვავილებში ჩაეფლო.

Joy invited Spring in. She sat alongside it, gently petting it. The critter really liked the girl! They enjoyed spending time together, as if they were best friends. However, Joy was falling asleep. She said goodbye to Spring. Off to sleep she went!

ჯოიმ თავისთან შემოიპატიჟა გაზაფხული, გვერდით დაისკუპა და თავზე მზრუნველად გადაუსვა ხელი. გაზაფხულსაც არანაკლებ მოეწონა გოგონა. ერთმანეთთან ყოფნა ისე სიამოვნებდათ, თითქოს უკვე დიდი ხნის საუკეთესო მეგობრები ყოფილიყვნენ. მიუხედავად ამისა, ჯოის მაინც ძილი მოერია. გაზაფხულს დაემშვიდობა და ლოგინს მიაშურა.

Awaking, Joy pushed her bed covers, feeling hot. Was it summer already?! The Summer heat has made its way to Joy's house. Bushes rose from the ground, opening the door for a new critter.

ხეირიანად არც გამოღვიძებოდა, როცა იგრძნო, როგორ უსაშველოდ ცხელოდა. ჯოიმ დაუდევრად მოისროლა თბილი პლედი. ნუთუ უკვე ზაფხული დადგაო, გაუელვა და მართლაც ასე იყო – პაპანაქებას მის სახლშიც შემოეღწია.

მიწიდან ვარდის ბუჩქები ამოზრდილიყვნენ და ენერგიულად აღებდნენ კარს ახალი ქმნილების შემოსაძღოლად.

Summer and Joy were filled with laughter and happiness. Joy heard chirping birds, smelled Lavender fields, tasted fresh summer fruits, and touched a sand beach. She fell asleep with a big smile on her face.

ეს ახალი ქმნილება ზაფხული აღმოჩნდა! ჯოი მაშინვე შეეჩვია. ორივე მხიარულებასა და ბედნიერებას აევსო. ჯოის ესმოდა ჩიტების ჭიკჭიკი, გრძნობდა იასამნისფერი ლავანდის ველის სურნელს, აგემოვნებდა ახალშემოსულ უგემრიელეს ხილს, ფრთხილად ეხებოდა ოქროსფერ ქვიშას ოკეანის სანაპიროდან... ამიტომაც იყო, ღიმილით სავსეს რომ ჩაეძინა.

Joy woke up, but this time, she was not in her bed. She was outside! The night was silent, and full of yellow fireflies. Light came from the Full Moon.

ჯოი მოულოდნელად გამოფხიზლდა და მიხვდა, რომ ამჯერად თავის საწოლში აღარ იწვა. ჰო, ჯოი მთვარიან ღამეს სტუმრებოდა. ჩუმი ღამე ყვითელ, ციმციმა ციცინათელებს აევსო. სინათლე სავსე მთვარიდან ნება-ნება ჩამოდიოდა.

Joy was fascinated by the critter. The Full Moon had a purple flower crown, and petals magically flew around it. It was looking down at her, singing a lullaby. This drove the young girl to a deep sleep.

ჯოი აღაფრთოვანა ამ ზღაპრულმა არსებამ. სავსე მთვარე იასამნისფერი ყვავილებით შეკრული გვირგვინით იწონებდა თავს. ყვავილების ხასხასა ფურცლები ჯადოსნურად მოფრინავდნენ დედამიწისკენ და არემარეს ავსებდნენ. სავსე მთვარე გოგონას სიყვარულით დასცქეროდა და იავნანას ისე ტკბილად უმღეროდა, რომ სულ მალე ჯოი ღრმა, სასიამოვნო ძილში გაეხვია.

"Joy, sweetie, wake up!" Her mother's voice woke her up.

"Come on, darling, you don't wanna miss school."

Was it all a dream?

Seasons changed. Weather changed. Yet, she remained unchangeable.

– ჯოი, საყვარელო, გაიღვიძე! – დედის ხმამ გამოაფხიზლა, – ადე, ძვირფასო, სკოლაში გაგვიანდება!..

...ნუთუ ეს ყველაფერი სიზმარი იყო?!

წელიწადის დროები შეიცვალა!

ამინდი შეიცვალა!

თუმცა, ის ხომ ისევ ის გოგო დარჩა: ჯოი – შ ე უ ც ვ ლ ე ლ ი!

Printed in the United States
by Baker & Taylor Publisher Services